Para Georg   —K.B.

© Kate Banks, 2007
© Ilustraciones, Georg Hallensleben, 2007
Título original: Fox
Publicado por acuerdo con Farrar, Straus and Giroux, Nueva York 2007
© de la traducción castellana:
EDITORIAL JUVENTUD, S. A.
Provença, 101 - 08029 Barcelona
info@editorialjuventud.es
www.editorialjuventud.es
Traducción: Élodie Bourgeois Bertín
Primera edición, 2007
ISBN: 978-84-261-3591-9
Depósito legal: B.24.740-2007
Núm. de edición de E. J.: 10.983
Impresión Offset Derra, Llull 41, Barcelona
Printed in Spain

EL ZORRITO

Kate Banks

Ilustraciones de
Georg Hallensleben

EDITORIAL JUVENTUD

Es primavera.
En el bosque, entre las raíces de un gran roble,
dentro de una madriguera cavada en la tierra,
ha nacido un cachorro de zorro.

Y la lluvia viene y se va.
Y el pequeño arroyo se convierte en un río caudaloso.

El zorrito hunde la cabeza en el espeso pelaje de su mamá,
del color de las hojas secas.
Mama con mucha avidez.

Y el sol viene y se va.
Y los árboles y arbustos empiezan a echar brotes.

El zorrito asoma la cabeza fuera de la madriguera.
Se arrastra hacia la pradera.
—No, zorrito, no —dice su mamá.
—Aún no estás preparado —dice su papá.
—¿Cuándo estaré preparado? —pregunta el zorrito.

Esperan que el sol se acueste,
cansado por el peso del día.
Entonces llevan al zorrito fuera del bosque.
Se mueven como sombras por los prados.

Y las estrellas vienen y se van.
Y la luna creciente se ha convertido en una gran pelota.

El zorrito tiene hambre.

Su mamá le enseña a encontrar las moras.

Su papá le enseña a cazar roedores y pájaros.

—¿Estoy preparado? —pregunta el zorrito.

—Aún no —le contesta su mamá.

Y las nubes vienen y se van.
Y la suave brisa sopla en pequeñas rachas.

El zorrito aguza el oído.

Oye un aullido lejano.

El enemigo se acerca.

El zorrito da unos pasos hacia él.

—No, zorrito, no —dice papá.

Se llevan al zorrito dentro del bosque,

lejos del peligro.

Y el aullido viene y se va.
Y el silencio se convierte en un zumbido apacible.

El zorrito camina por el bosque.

Ve que su papá cruza el río y le sigue.

—No, zorrito, no —dice su mamá.

—¿Cuándo estaré preparado? —pregunta el zorrito.

—Pronto —le dice su mamá.

Mamá encuentra refugio bajo la sombra de un árbol.
Encima de ellos, las ramas susurran
como una nana que mece al mundo.

Y los pájaros vienen y se van.
Y los árboles jóvenes se convierten en árboles altos y majestuosos.

Llega el otoño.

Los árboles empiezan a temblar, y sus hojas cambian de color.

Mamá hace provisión de moras y semillas.

El zorrito está impaciente.

Le brillan los ojos y mueve su negro hocico.

—¿Estoy preparado ahora? —pregunta.

—Casi —contesta su mamá.

Su papá cava un hoyo poco profundo en la tierra
para guardar la comida para el invierno.
Después vuelve sobre sus pisadas para tapar el rastro.

Y los días vienen y se van.
Y el zorrito se hace fuerte y hábil.

Finalmente el zorrito sabe cazar solo.

Sabe alimentarse solo y enterrar su comida.

Sabe esconderse en los matorrales y correr como el viento.

—Ahora estoy listo —dice.

—Ve, zorrito, ve —dice su mamá.

Y cuando el sol naranja
se despide en el horizonte,
como un gran adiós,
el zorrito se va.
Y mamá y papá zorro saben
que el zorrito estará bien.